© Hachette Livre, 2000
Autores: Anne Gutman y Georg Hallensleben
© de la traducción española: EDITORIAL JUVENTUD, S.A.
Provença, 101 - 08029 Barcelona
E-mail: editorialjuventud@retemail.es - www.editorialjuventud.es
Traducción: Elodie Bourgeois y Teresa Farran
Primera edición: 2001
ISBN: 84-261-3217-0
Dipòsit legal: B.46202-2001
Núm. de edición de E.J.: 10.011
Impreso en España - Printed in Spain
Carvigraf, c/Cot, 31 - Ripollet (Barcelona)

Lola en Nueva York

ANNE GUTMAN · GEORG HALLENSLEBEN

EDITORIAL JUVENTUD

Tengo un tío que vive en un
rascacielos en Nueva York,
es el tío Harrison. ¡Lo quiero mucho!
Por mi cumpleaños, me regaló
un billete de avión para ir a verle.

Todos los días nos despertábamos temprano para tener tiempo de visitarlo todo.

Fuimos a ver la Estatua de la Libertad,

vimos todos los puentes...

todos los rascacielos...

También fuimos
a Central Park. Pero lo
que más me gustó fue...

¡El centro comercial!
Entramos para comprar los regalos.

Para Gaspar encontré algo enseguida:
una Estatua de la Libertad luminosa, iaún más
bonita que la góndola eléctrica que me había
comprado él en Venecia!

Faltaba el regalo para mis padres.
Mi tío me llevó a una librería, pero justo
enfrente, en un escaparate...

había un circo. ¡Un circo de chicle!
Me paré para mirarlo,
y cuando me giré...

¡SOCORRO!
Mi tío había
desaparecido.

Me había perdido.

Menos mal que no soy tonta.
Vi un letrero que ponía información
y fui derecha hacia allí.
Sólo tenían que dar el aviso
por megafonía y mi tío
me vendría a buscar.

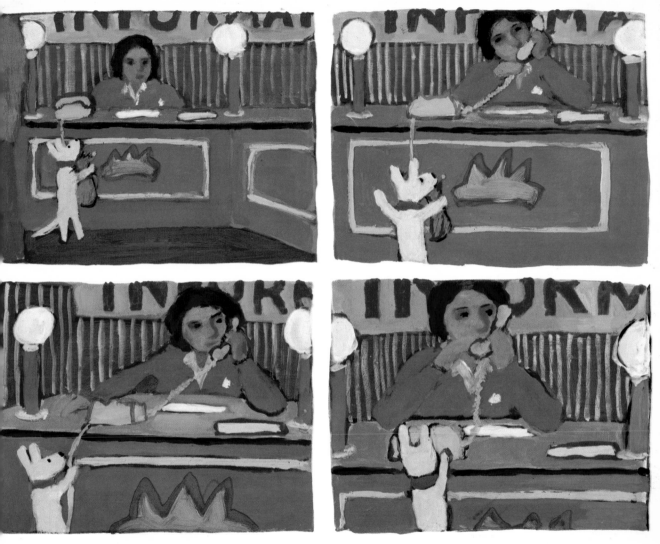

Pero la señora de la información no me veía: estaba hablando por teléfono. Por suerte oí que el megáfono decía "Lola, tu tío te espera en el piso 64". ¡Estaba salvada!

Cogí el ascensor.
Pero tenía un problema:

El botón 64 estaba muy arriba.
Me subí encima de la estatua de la libertad
de Gaspar y por suerte logré pulsar el botón.
Porque justo después...

... la estatua se rompió.

Cuando le expliqué a mi tío lo del circo de chicle, puso una cara rara y me dijo que tenía mucha imaginación.

Pero mañana volveremos
y verá que es verdad.